Bilingual Books Collection

California Immigrant Alliance Project

Funded by
The California State Library

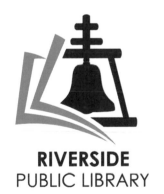

RIVERSIDE
PUBLIC LIBRARY

Símbolos de nuestro país / Symbols of Our Country

Ondeo la bandera estadounidense
I Wave the American Flag

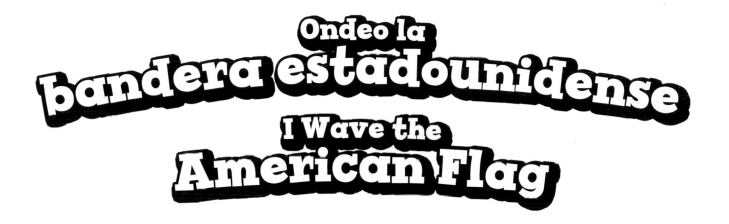

Rosalie Gaddi

traducido por / translated by

Eida de la Vega

ilustrado por / illustrated by

Aurora Aguilera

PowerKiDS press.

New York

Published in 2017 by The Rosen Publishing Group, Inc.
29 East 21st Street, New York, NY 10010

First Edition

Translator: Eida de la Vega
Editorial Director, Spanish: Nathalie Beullens-Maoui
Editor, English: Caitie McAneney
Book Design: Michael Flynn
Illustrator: Aurora Aguilera

Cataloging-in-Publication Data

Names: Gaddi, Rosalie, author.
Title: I Wave the American Flag = Ondeo la bandera estadounidense / Rosalie Gaddi.
Description: New York : PowerKids Press, [2017] | Series: Símbolos de nuestro país = Symbols of Our Country | In English and Spanish | Includes index.
Identifiers: ISBN 9781499430547 (library bound book)
Subjects: LCSH: Flags–United States–Juvenile literature.
Classification: LCC CR113 .G23 2017 | DDC 929.9/20973–dc23

Manufactured in the United States of America

CPSIA Compliance Information: Batch #BW17PK: For Further Information contact Rosen Publishing, New York, New York at 1-800-237-9932

Contenido

Contents

¡Es el Día de la Independencia! Veo la bandera de Estados Unidos por toda mi comunidad.

It's Independence Day!
I see American flags all around
my community.

Hay una bandera grande en mi escuela.

There is a big flag at my school.

Cuelga de un asta. La bandera ondea en el viento.

It hangs on a flagpole. It waves in the wind.

Ayudo a mi papá a colgar la bandera de
Estados Unidos afuera de la casa.

I help my dad hang an American flag
outside our house.

Nuestros vecinos también cuelgan
banderas de Estados Unidos.

My neighbors hang American flags, too.

Veo franjas rojas y blancas en nuestra bandera.

I see red and white stripes on our flag.

Tiene 13 franjas en total.

There are 13 stripes in all.

Tiene 50 estrellas blancas.

There are 50 white stars.

Mi papá dice que hay una estrella por cada estado.

My dad says there is one star for each state.

Nuestra bandera es roja, blanca y azul.
¡Esos son los colores de nuestra nación!

Our flag is red, white, and blue.
Those are the colors of our nation!

14

Mi mamá me muestra una imágen de la primera
bandera de Estados Unidos.

My mom shows me a picture of the first
American flag.

Tenía solo 13 estrellas.

It had 13 stars.

Mi mamá llama a nuestra bandera "Old Glory".
Ese es el nombre por el que se conoce
nuestra bandera.

My mom calls our flag "Old Glory."
That's our flag's nickname.

Nosotros vamos al desfile del
Día de la Independencia.
Todos agitamos pequeñas
banderas de Estados Unidos.

We go to an Independence
Day parade. Everyone waves
small American flags.

21

Mi papá dice que nuestra bandera es un símbolo de Estados Unidos. ¡Representa la libertad!

My dad says our flag is a symbol of America. It stands for freedom!

Palabras que debes aprender
Words to Know

(la) casa
house

(la) estrella
star

(las) franjas
stripes

Índice / Index

24